DINOAMIGOS

Textos: Andrea Pau
Ilustraciones: Erika De Pieri
Color: Alessandra Bracaglia

Proyecto y realización editorial Atlantyca Dreamfarm s.r.l., Italia
Título original: *Allarme T-Rex!*
Versión original publicada por De Agostini Libri S.p.A., Italia
© de la traducción: Manel Martí, 2014

Destino Infantil & Juvenil
infoinfantilyjuvenil@planeta.es
www.planetadelibrosinfantilyjuvenil.com
www.planetadelibros.com
Editado por Editorial Planeta, S. A.

Primera edición: mayo de 2014
ISBN: 978-84-08-12860-1
Depósito legal: B. 6.690-2014
Impresión y encuadernación: Cachiman Grafic, S.L.
Impreso en España - Printed in Spain

El papel utilizado para la impresión de este libro es cien por cien libre de cloro y está calificado como **papel ecológico**.

Andrea Pau

¡Alerta, T-Rex!

Ilustraciones de
Erika De Pieri

EN UNA PREHISTORIA LEJANA LEJANA, los dinosaurios y los humanos compartían la misma tierra. ¡No era nada fácil! Los dinosaurios, que ya llevaban allí un tiempo, no veían con buenos ojos a éstos: ¡qué trogloditas eran los humanos! ¡Y cuántos piojos tenían! En cambio, temían a aquellos animalotes llenos de garras y colmillos.

Hasta que un día, un cachorro de dinosaurio tímido y listo se topó con un cachorro de humano maloliente y bribonzuelo...

¡Y así fue como empezaron las aventuras más divertidas de todas las eras geológicas!

¡Bienvenidos a la prehistoria dinozoica!
Nosotros somos Mumú y Rototom
Y éstos son nuestros amigos y amigas.
Dinosaurios empollones, cachorros
de humano revoltosos,
tigres que hacen de maestros...
¡Juntos viviremos un sinfín de aventuras, a
prueba de terremotos y lluvias de meteoritos!

Alma

Ágil e intrépida. ¡Siempre tiene un montón de ideas geniales!

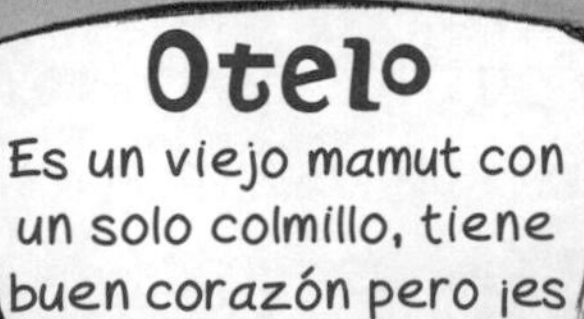

Madame Popup

Severa pero justa, es la maestra del poblado de los humanos.

Granito

¡Es fuerte y audaz, pero se ríe hasta de su sombra!

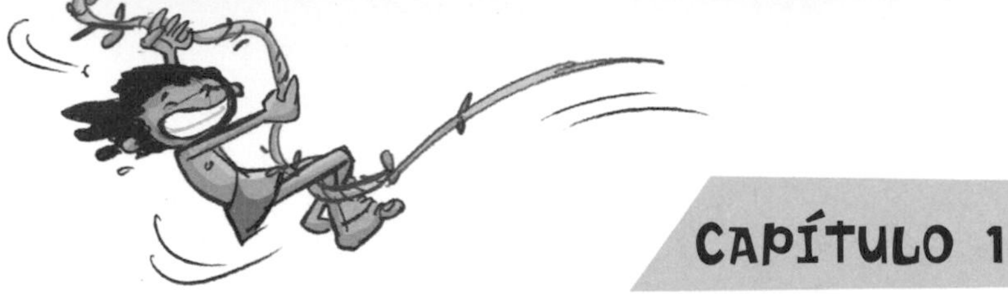

CAPÍTULO 1

UN DINOSAURIO MUY SOLITARIO

Mumú paseaba por Saurópolis, la aldea de los dinosaurios, con la moral por los suelos.

La vida resultaba aburridísima sin sus amigos cachorros de humano. ¡Echaba tanto de menos a Rototom, Alma y Granito!

A los otros dinosaurios, en cambio, no les gustaban los humanos: ¡eran una panda de brutos y maleducados! ¡Y cuántos prejuicios tenían!

Por eso, cuando estaba en su poblado, Mumú debía mantenerse alejado de los niños. Si alguien se enteraba de que sus mejores amigos eran unos humanos, se iba a armar una buena.

Capítulo 1

—¡Hola, Mumú! Hace un día bonito, ¿verdad? —le dijo el coronel Dentón, el jefe del poblado.

Era un gigantesco diplodocus azulado, con un casquete de pelo en la cabeza.

Mumú, absorto, lo saludó sin detenerse, lo que no le sentó demasiado bien al coronel.

El sol brillaba en todo su esplendor y el poblado de los dinosaurios estaba lleno de cosas interesantes... pero Mumú no estaba de humor.

No miró la cascada que se precipitaba en el pequeño lago, donde brontosaurios y estegosaurios disfrutaban nadando durante horas. No prestó atención al bosque de árboles altísimos, donde solía echar una cabezadita al fresco. En ese momento no le apetecía nadar ni dormir la siesta... ¡él quería JUGAR!

De pronto, un estegosaurio se le plantó delante. Era blanco como la leche y tenía los ojos rojos como brasas.

Un dinosaurio muy solitario

—¡Buenos días, Mumú! ¡Hoy te noto con el ánimo pesado! ¿No habrás vuelto a engordar? —añadió, ácido como un limón.

Mumú, que era amable incluso con los maleducados, le respondió:

—Buenos días, Chismosillo.

—¿Solo como siempre? ¡Ji, ji, ji! —rió el estegosaurio—. ¡Sigue mi consejo y haz amigos!

Mumú se encogió de hombros y se alejó.

—¿Vas a casa? —insistió Chismosillo que, además de ser el más antipático, también era el más entrometido del poblado—. Si quieres, voy contigo. Así podrías ofrecerme una taza de leche, unas verduras y una buena porción de tarta...

Pero Mumú no tenía la menor intención de invitar a comer a aquel metomentodo.

—En realidad, me dirigía a la Grafitoteca a leer un rato... —mintió.

Sabía muy bien que Chismosillo, lo mismo que Rototom, en cuanto oía hablar de leer un grafito se sumía en un profundísimo sueño, con un sinfín de RRRF RRRF como acompañamiento.

Y, en efecto, Chismosillo cambió de idea.

—Eh, ahora debo irme —farfulló—. ¡Justo acabo de recordar que tengo... hum... un compromiso muy urgente!

Mumú observó cómo se alejaba el estegosaurio y, a continuación, se acercó a un claro rodeado de vegetación. Se sentó sobre una roca redonda, que estaba junto a una gran charca cenagosa y comprobó que no hubiera nadie por los alrededores… Confirmado, tenía vía libre.

Se descolgó el zurrón que llevaba en bandolera y sacó de él tres calcetines de piel, en los que había dibujado unos rostros sonrientes.

Había rellenado cada calcetín con paja y luego los había pintado de distintos colores. Uno con el cabello rubio, como el de Alma. Otro, voluminoso y maloliente, como Granito. Y, por último, el más pequeño de todos lucía una mata de pelo largo y encrespado, igual que Rototom.

Capítulo 1

El dinosaurio se metió los calcetines en las patas delanteras y comenzó a moverlas como si fuesen marionetas.

Ya que sus amigos estaban lejos, hablar con esos títeres lo hacía sentirse menos solo.

—¡Hola, Alma! ¡Qué bonita melena enmarañada luces hoy! —dijo—. ¡Buenos días, Granito! Te veo en forma… ¡aunque algo más sucio de lo habitual!... ¿Qué hay, Rototom? ¿Cuántos cachiporrazos has asestado hoy?...

—Oh, al menos un millón o dos… —respondió inesperadamente una vocecita.

Mumú dio un enorme salto, temblando como un flan.

Un momento, ¿¡¿desde cuándo las marionetas hablaban?!?

A continuación le empezaron a castañetear los dientes como si fuera un caguetasaurio, metió los calcetines en el zurrón y corrió a toda velocidad a ocultarse tras una roca (aunque ésta apenas le cubría la mitad de la cola).

—Pero ¿q-q-quién eres? —balbuceó—. ¿¡¿Có-có-cómo es que me conoces?!?

CAPÍTULO 2

¡¡¡SORPRESA!!!

Oculto tras la roca, Mumú continuó temblando, hasta que, por fin, un ensortijado mechón de cabello oscuro asomó entre los matorrales.

Y, tras el mechón, una cabellera entera.

Y tras la cabellera... apareció él, en persona: ¡ROTOTOM!

—¡Somos nosotros! —exclamó el niño, mientras corría a abrazar a su amigo—. ¡Te echábamos de menos... y hemos venido a verte!

Mumú no daba crédito a lo que veían sus ojos.

Corrió al encuentro del cachorro de humano, lo cogió de las manitas y lo hizo girar como una peonza, como en un alegre carrusel. ¡No cabía en sí de gozo!

Y se volvió de nuevo hacia los matorrales.

—Un momento... ¿por qué has dicho «hemos venido»?

—¡Es que... verás, resulta que el muy zopenco de Rototom no ha venido solo! —exclamaron dos voces más al unísono.

Y, al instante, Granito y Alma surgieron de detrás de los arbustos. A su alrededor revoloteaba Plumona, la fiel gaviota de Granito.

—¡Por mil millones de meteoritos! ¡Si estáis todos aquí! —exclamó Mumú, emocionado.

Sus amigos se habían jugado el tipo: ¡si algún dinosaurio los hubiese visto en el poblado, adiós, muy buenas!

—¿Sabes?, hace mucho rato que te andamos buscando —se lamentó Granito, que siempre estaba de morros—. ¡Este poblado es inmenso!

Capítulo 2

—Además, no sabíamos dónde estaba tu caverna —añadió Rototom—. ¡En cualquier caso, llegar hasta aquí ha sido un juego de niños!

Alma le dio un codazo:

—¡Un juego de NIÑAS, querrás decir! —exclamó, corrigiéndolo—. ¡Todo el mérito de que no nos hayan descubierto es mío!

—¡Tiene razón! —confirmó Granito—. ¡Alma es un genio: conoce más trucos que todos nosotros juntos!

¡¡¡Sorpresa!!!

—¡Si Madame Popup sospechara que estamos aquí, nos daría un buen coscorrón! —rió Rototom.

Madame Popup era una tigresa de dientes de sable, que vivía en el oasis de los humanos. Cansada de llevar una vida de bestia feroz, actualmente hacía de maestra. No era el único animal que convivía con los humanos: también estaba el mamut Otelo, un mastodonte muy sabio y bastante achacoso.

En cuanto pasó el primer momento de entusiasmo, Mumú empezó a preocuparse.

—¿Y si alguien os ha visto mientras rondabais por aquí? —preguntó—. Los niños no son muy bienvenidos aquí, en Saurópolis…

—¡Oh, vamos, Mumú, deja de preocuparte! —exclamó Rototom—. ¡No tenemos la menor intención de meternos en líos! Pero te prometimos que te ayudaríamos a encontrar a los de tu especie, ¿recuerdas?

Capítulo 2

Mumú se acordaba. Su aspecto no era como el de los otros dinosaurios. Poseía la fuerza de un tiranosaurio, las «chichas» de un brontosaurio, dos alitas como las de un estegosaurio y una tonalidad violeta como la de... ¡la de Mumú!

¡Soñaba con encontrar a otro ser parecido a él!

Tras su primera aventura juntos, los cachorros de humano se propusieron ayudarlo. De momento, la búsqueda no había dado resultados, pero paciencia... ¡En la prehistoria nunca había que perder la esperanza!

De pronto, se oyó una voz tras un bosquecillo de palmeras enanas.

—Mumúúúúúú... —llamó—, ¿quién está ahí contigo?

Era Chismosillo. Como siempre.

Rápido como un colibrí prehistórico, Mumú arrojó a sus tres amigos a la charca.

¡PATAPLAFFF!

¡¡¡Sorpresa!!!

Los niños rodaron por el barro hasta quedar mimetizados con él. Plumona apenas se manchó, y echó a volar remolona por entre las palmeras.

—¡Ah, Chismosillo, tú de nuevo! —exclamó Mumú—. ¿Acaso me estás siguiendo?

El estegosaurio se ruborizó.

—Hummm, ¡qué va! —respondió—. ¡Estaba dando un paseo! He oído voces y... Por cierto, ¿quién estaba contigo?

Capítulo 2

—¡Hum, nadie! —afirmó nervioso Mumú—. ¡Estoy solo, solísimo solisísimo!

Chismosillo echó un vistazo a la charca.

—¿Desde cuándo hablas solo? —insistió.

A Mumú empezaron a caerle gotas de sudor.

—¡EJEM! Verás... yo... ¡estaba recitando una poesía! —dijo, para salir del paso—. ¿Te apetece escucharla? Habla de un gigantosaurio que no era demasiado gigantesco y por eso lo llamaban pequeñosaurio y...

—¡Por lo que más quieras, te lo ruego! —le imploró Chismosillo, que odiaba la poesía—. Será mejor que siga con mi paseo. ¡Hasta la vista!

Y se alejó. Pero antes de abandonar la explanada, miró a Mumú. Le estaba ocultando algo, no tenía la menor duda... Pero ¿qué?

Mumú lanzó un suspiro de alivio tan intenso que dobló las palmeras enanas, los matorrales e incluso algún que otro arbolillo cercano.

CAPÍTULO 3

EN CASA DE MUMÚ

Rototom, Alma y Granito salieron de la charca tan sucios de barro, que Mumú estalló en carcajadas.

—¡Ja! ¡Ja! ¡Ja! —rió—. ¡Por mil millones de meteoritos, estáis muy sucios!

—¡Muy gracioso! —resopló Rototom, mientras se limpiaba aquel fango apestoso.

Alma también trató de quitarse el barro del cabello, mientras Granito se miraba satisfecho las manos pringosas y los pies llenos de costras. ¡Ahora sí que se sentía a sus anchas!

Sin embargo, Mumú no tenía la menor intención de llevarlo a su casa en ese estado.

—¡Primero tendrás que lavarte, señorito! —lo regañó, al tiempo que le quitaba el barro—. ¡Meteos los tres en mi zurrón, así nadie os verá!

—¡Ufff! —protestó Granito—. ¡Justo ahora que estaba tan sucio!

Los niños se escondieron en el zurrón de Mumú. Cuando el dinosaurio se lo colgó del hombro, estuvo a punto de caerse al suelo del peso.

—¡GLUP! —exclamó—. ¡¿Qué habéis comido esta mañana... pan con meteoritos?!

—Yo sólo he tomado unos gusanitos —le aseguró Rototom.

—¡Yo un rodaja de piña! —respondió a su vez Alma, que era esbelta como una vara.

—Yo un bocadillo extraligero con queso, miel, plátano, crema de leche, patatas fritas y salsa de champiñones —enumeró Granito.

Plumona, atrapada en el interior de la alforja, alzó los ojos al cielo, con gesto resignado.

Capítulo 3

—¿Estás seguro de que podrás, Mumú? —le preguntó Rototom—. ¿No pesamos demasiado?

—NNN... NGGGH... ¡¡¡NOOO!!! —dijo él jadeante, mientras se doblaba por el esfuerzo.

Durante el trabajoso trayecto de Mumú por el poblado, los niños permanecieron callados y quietecitos dentro del zurrón, que se balanceaba a cada paso.

En un momento dado, Alma se topó con los calcetines en el fondo de la alforja y se los mos-

tró a los demás. Rototom sonrió: ¡por lo visto, Mumú también los había echado de menos!

La casa del dinosaurio, al igual que la del resto de sus congéneres, era una gigantesca caverna, con una gran piedra plana sellando la entrada.

El interior contaba con toda clase de comodidades: colchón de gran tamaño, cojines rellenos de paja, útiles para el cuidado personal (lima afila-zarpas, maquinilla de afeitar para dinosaurios barbudos, crema abrillantadora de escamas, pei-

nes de granito para peinarse a la última moda, rulos de bambú para hacerse unos tirabuzones de miedo), ducha de piedra volcánica y bañera de hidromasaje géiser llena de burbujas, con patito de goma prehistórica, inclusive.

Los tres niños salieron de la alforja y miraron a su alrededor. Toda la caverna era a medida de un dinosaurio: ¡las sillas eran el doble de altas que ellos, por lo menos!

—¡Debéis de estar hambrientos! —comentó Mumú—. Voy a prepararos una buena comida.

—¡Sííí! —exclamaron los tres a la vez.

Plumona se les sumó, revoloteando entre la cabezota de Mumú y el hidromasaje géiser.

—¡Poneos cómodos! —les propuso Mumú.

Los chicos trataron de encaramarse a las sillas. Granito cruzó las manos para ayudar a Rototom a subir, como si fuera una escalerilla. Alma, por su parte, dirigía la operación. En primer lugar le

dijo que se moviera hacia la derecha, después hacia la izquierda, a la derecha de nuevo, hasta que… ¡PATATUM!

Los dos cayeron rodando.

Al final decidieron sentarse en el suelo.

Cuando Mumú volvió a aparecer, portaba una bandeja cargada de fruta, queso, emparedados, miel y leche de mamut. Además, llevaba puesto un gorro de cocinero y un delantal muy coqueto, decorado con puntillas de color rosa y manchado de comida.

CAPÍTULO 3

Granito y Rototom estallaron en una estruendosa carcajada.

—¡Ja, ja, ja! ¡¿Pero quién te ha regalado eso?! —le preguntó Granito.

—¡Por lo que observo, te has convertido en toda una cocinera! —añadió Rototom, ahogándose de la risa.

Mumú se sonrojó.

—Pues lo tengo desde que era pequeño, ¿vale? —refunfuñó.

Alma le dio una palmadita en el barrigón.

—Tranquilo —le dijo para consolarlo—. ¡Ya sabes que ese par de zoquetes no entienden nada de moda! A mí, en cambio, me encanta tu delantal, ¿sabes? Lo encuentro monísimo.

La muchacha miró a Rototom y Granito, que seguían rodando por el suelo, y añadió:

—¡Ahora verás! ¿Me lo prestas un instante?

El dinosaurio, triste, se quitó el delantal.

Con un gesto rápido, Alma lo enrolló y empezó a golpear con él el trasero de los dos chicos. ¡PIM! ¡PAM! ¡PUM!

—¡AYYY! —gritó Granito.

—¡UYYY! Pero ¡¿qué mosca te ha picado, Alma?! —se lamentó Rototom—. ¡Sólo estábamos bromeando!

—¡Id a lavaros las manos y dejad de hacer el payaso! —le respondió la niña, mientras le atizaba un último golpe—. ¡La comida está lista!

CAPÍTULO 4

UN ALMUERZO DE RECHUPETE

Los cuatro amigos se sentaron en el suelo, alrededor de una enorme sopera de piedra.

Con gesto teatral, Mumú levantó la tapadera y anunció:

—¡Aquí lo tenéis!

El recipiente estaba lleno de leche caliente. En la superficie blanquecina flotaba una montaña de copos de avena y una especie de *delicatessen* a base de tomates despachurrados.

—¡Una de mis especialidades favoritas! —exclamó Mumú, con orgullo—: ¡«Delicias tomateras bañadas en leche»!

Los tres niños, que no veían la hora de hincarle el diente a un cuenco de patatas fritas, un emparedado de embutido o incluso un delicioso pastelillo de moras, suspiraron decepcionados.

Deberían haberlo supuesto: a Mumú le encantaba la leche de mamut... ¡la añadía a cualquier receta!

La barriga de Rototom dejó de gruñir al instante, a Granito de caérsele la baba y Alma negó con la cabeza, resignada a un destino de hambre dinozoica.

—Ejem, ejem... ¡Qué buena pinta! —comentó la niña, para no ofender al cocinero.

—¿A que sí? —contestó Mumú—. Pues ¡Vamos, probadlo!

—¡NOOO! —respondieron los tres a la vez. Y al instante se pusieron colorados de vergüenza.

—Hum... es que... verás... a mí se me ha pasado el hambre —añadió Rototom.

Capítulo 4

—¡En cambio, yo soy alérgico a las *delicatessen* —dijo Granito con determinación.

—Y a mí… ¡me apetecería más dar un paseo! —observó Alma.

Mumú los miró con recelo.

—Hummm… ¿No será que no queréis probar mis delicias bañadas en leche?

—¡QUÉ VA! —contestaron los niños—. ¡Lo que pasa es que tenemos muchas ganas de echar-

le un vistazo al poblado! —explicó Rototom—. ¡Vuelve a meternos en el zurrón!

—¡Quién sabe, a lo mejor hasta encontramos a alguien que nos prepare un bocadillo de plátano! —dejó escapar Granito.

Alma le dio un codazo y el niño se puso bizco.

—¡URG! —gimió.

—Ejem, lo que quería decir Granito es que nos gustaría ver vuestros árboles, las lagunas, el jardín…

Mumú se puso pálido.

—¿Y si alguien os descubre? ¡Pensad que ahí fuera está lleno de dinosaurios! —exclamó.

—¡No tienes de qué alarmarte, miedica! —le replicó Alma—. ¡De hecho, ahora estamos junto al dinosaurio más mono de todos!

Mumú se sonrojó, halagado.

Después, la niña sacó de la bolsa los calcetines-marioneta y los dejó en el suelo.

Capítulo 4

—A éstos ya no vas a necesitarlos —añadió, sonriéndole con ternura—. ¡Ahora estás con los dinoamigos originales!

Al oír esas palabras, Mumú se rindió e invitó a los niños a que se metieran de nuevo en el zurrón.

—De acuerdo, vamos —concedió—. Pero ¡por lo que más queráis, chitón!

Se los cargó al hombro y salió trotando de la casa, silbando una tonadilla con aire indiferente.

No se había percatado de que alguien llevaba un rato espiándolo. Alguien que estaba oculto tras un baobab y que tenía las escamas blancas, los ojos rojos y la lengua muy larga...

El espía siguió al dinosaurio, pasando del árbol a un matorral. Para no ser descubierto, mantenía una distancia prudencial.

—Querido Mumú, ¡tú ocultas algo! —musitó.

¡Era tan charlatán, que no podía permanecer callado ni cuando estaba solo!

CAPÍTULO 5

DE EXCURSIÓN POR EL POBLADO

Mumú vagó por las calles de Saurópolis, mientras los niños observaban desde el zurrón, procurando no ser vistos.

¡Las plantas crecían altas e imponentes y todo era grande, grandísimo, MASTODÓNTICO!

Dinosaurios de diversas especies se paseaban aquí y allá: algunos con rapidez, otros más lentamente, dando zancadas largas y pesadas. Triceratops, brontosaurios, velociraptores, iguanodontes… ¡había muchísimos!

Mumú llegó a una explanada, donde los árboles eran más tupidos. A lo lejos, un brontosaurio

se lavaba las axilas bajo una cascada, mientras un velociraptor tomaba el sol. Pero donde ellos estaban no había nadie.

Mumú abrió el zurrón y los niños, sudados y acalorados, saltaron fuera.

—¡Ufffff! —resopló Rototom—. ¡Ahí dentro hace más calor que en el desierto!

—¡Y Granito apesta bastante más de lo habitual! —añadió Alma, tapándose la nariz—. ¡Sus pies saben a cebollas!

—¡Y de las buenas! —presumió Granito.

Plumona seguía en el zurrón, aturdida por el olor a pies de su amo.

Libres al fin, los niños empezaron a corretear arriba y abajo por la explanada: nunca habían visto unos árboles tan grandes, unas rocas tan gigantescas, unas lianas tan robustas... ¡y qué raíces! ¡Eran tan altas como Otelo, el mamut del oasis!

Granito se encaramó a un baobab muy alto y empezó a balancearse como un chimpancé.

Alma se lanzó desde un banano, que tenía unas lianas larguísimas: ¡volaba como una pterodáctila!

Rototom se dedicó a lanzar pedruscos, golpeándolos con su garrote y haciéndolos rebotar contra los troncos, como si fueran mosquitos mareados.

¡DONG! ¡TENG! ¡PING!

Chismosillo, que llevaba todo el rato siguiendo al grupo a cierta distancia, oía un gran jaleo, pero no podía ver quién lo estaba provocando.

Capítulo 5

Al fin, presa de la curiosidad, alargó el cuello por detrás de una zarzamora y… recibió en mitad de la frente el impacto de una piedra lanzada a toda velocidad. ¡¡¡CATAPUM!!!

El estegosaurio cayó de espaldas y quedó tendido en el suelo, con un carrusel de estrellitas girando alrededor de su cabeza.

—¡AY, AY, qué dolor tan dinozoico! ¿Qué me ha pasado? ¡¿Ha sido una avalancha?! —preguntó, gimoteando.

Mumú no lo había visto, pero tenía el rostro igual de crispado: ¡si los niños seguían armando tanto escándalo, los otros dinosaurios acabarían descubriéndolos!

—¡¡¡SILEEENCIO!!! —ordenó.

Los niños se quedaron quietos como estatuas.

—Así —aprobó Mumú—. Ahora, ¿quién quiere conocer la historia de los dinosaurios?

—¡Yo! ¡¡¡Yo!!! —exclamaron Alma y Granito, mientras saltaban de la liana y la rama.

Rototom no estaba nada entusiasmado.

—¡Nooo, vaya tostón dinozoico! —refunfuñó.

Pero las cosas se decidían por mayoría, así que nuestro amigo de los rizos tuvo que volver a meterse en el zurrón. Mumú se los cargó a todos al hombro y se encaminó hacia una caverna.

Chismosillo, en cambio, permaneció allí con un chichón, adormilado e inmóvil como la piedra que lo había golpeado.

CAPÍTULO 6

GRAFITOS Y MÁS GRAFITOS

Mumú condujo a los muchachos a un sitio realmente espectacular.

Rototom, Alma y Granito miraban a su alrededor, incrédulos. Se hallaban en una enorme caverna de altísimas paredes, iluminada como si fuera de día por la llama de innumerables antorchas.

Los niños se acercaron a la roca. En las paredes lisas había pintados y grabados un sinfín de grafitos. Una serie de estantes de piedra albergaban numerosas losas cinceladas.

—Ésta es la Grafitoteca del poblado —explicó Mumú con orgullo—. ¡En estas paredes que estáis viendo se narra toda la historia de nuestra especie! ¡Así, nosotros, los dinosaurios, podemos conocer nuestros orígenes y aprender un montón de cosas!

—¡Qué maravilla! —dijo Alma—. Entonces reparó en que se hallaban solos, y añadió—: Pero ¡el sitio no está muy frecuentado que digamos!

Mumú asintió, con gesto abatido.

—Hum, en efecto, a este lugar solamente venimos unos pocos —admitió—. Y, sin embargo, estos grafitos cuentan historias llenas de aventuras y secretos.

Alma y Granito admiraron las historias relatadas en la piedra. Pero Rototom, tal como hacía siempre que oía hablar de grafitos, se apoyó en su cachiporra y empezó a roncar como un perezoso resfriado.

—Debéis saber que hace mucho, mucho, muchíiísimo tiempo no había nadie sobre la faz de la Tierra —empezó a contarles Mumú.

Capítulo 6

—Pero ¿nadie, nadie? —preguntó Granito.

Alma le hizo una seña para que se callara.

—¡No interrumpas! —le susurró—. Además, eso ya lo sabíamos nosotros... ¡Nos lo enseñó Madame Popup!

Mumú sonrió y les señaló algunos dibujos de animales con formas sinuosas.

—¡Ésas son serpientes! —exclamó Granito.

—Pero ¡qué dices, tarugo! —contestó Alma, mientras le asestaba un garrotazo en la cabeza—. Como mucho, serán gusanos...

Al oír la palabra «gusanos», Rototom se despabiló de golpe. Pero en cuanto se dio cuenta de que no era la hora de la merienda, volvió a caer en un sueño profundo.

Mumú prosiguió:

—Más tarde se formaron las primeras criaturas acuáticas, que nadaban a gran velocidad y se pasaban toda la vida en el agua.

Capítulo 6

—¿¡¿Dices bañándose todo el tiempo?!? ¡Menos mal que yo nací después! —comentó Granito, mientras aspiraba muy orgulloso su peculiar olor a queso podrido.

Alma señaló un dibujo que representaba un lagarto al sol.

—Entonces, ¿por qué ese lagartito se está secando? —preguntó.

—Porque, en un determinado momento, esas criaturas, que se denominaban anfibias, decidieron que podían pasar un poco más de tiempo en tierra firme —respondió Mumú—. Y así obtener alimento y calor.

—¡Bien por los anfibios! —aprobó Granito—. Un bocadillo seco está mejor que uno mojado.

Entre una historia y otra, el tiempo pasó volando y, al terminar, Mumú les propuso volver a casa.

—¡No me gustaría que se presentara alguien en la Grafitoteca a buscar una losa para leer por la noche y os viera! —les dijo a los muchachos, algo inquieto.

—¿Eso significa que nosotros también podemos coger una? —preguntó Alma, excitada.

—¡Pues claro que sí! —asintió Mumú—. Siempre que después la devuelvas. ¡Es la norma de la Grafitoteca!

Tras oír esas palabras, Alma escogió una losa de piedra cincelada y se la puso bajo el brazo, contentísima.

—¡Ahora ya podemos marcharnos! —dijo.

—Primero deberíamos despertarlo… —observó Granito, mientras se acercaba de puntillas hasta Rototom.

Capítulo 6

Quería despertarlo arreándole un buen cachiporrazo en la cocorota, pero antes de que pudiera hacerlo, un fortísimo y penetrante sonido resonó en todo el poblado.

¡TAM! ¡TAM! ¡TAM! ¡TATATATATAM!

Rototom se despertó de golpe y entonces se dio de bruces contra el suelo, junto con la cachiporra en que se apoyaba. Se quedó mirando a Granito, malhumorado.

—¡Qué dulce despertar! —exclamó—. ¡¿No podrías ser un poco más delicado?!

Granito le respondió con desdén:

—Yo no he tenido nada que ver... ¡alguien ha empezado a tocar el tambor ahí fuera!

—¿Es una fiesta? —preguntó Alma, ilusionada.

Pero Mumú, que había pasado del color violeta al malva clarito y después al blanco fantasmal, negó con la cabezota y puso los ojos en blanco.

—De fiesta, nada... —respondió—. ¡Se trata de la ALARMA T-REX!

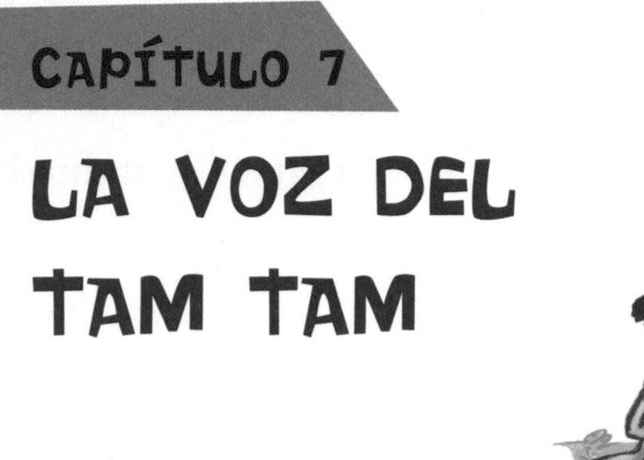

CAPÍTULO 7

LA VOZ DEL TAM TAM

El sonido continuó cada vez más y más fuerte, y Mumú salió fuera de la caverna para descifrarlo mejor.

—¡Había entendido bien! —confirmó muy inquieto—. ¡La banda de Míster Rex está a punto de atacar el poblado!

Rototom, Alba y Granito se quedaron lívidos. ¡Míster Rex y su banda eran las bestias más feroces de la prehistoria!

Los tres salieron a toda prisa de la Grafitoteca, sin siquiera pensar en ocultarse en el zurrón de su amigo Mumú…

La voz del tam tam

Y así, Chismosillo, que acababa de recobrar el conocimiento y andaba vagando por aquellos andurriales, los vio a lo lejos.

—¡Ajá, YA SABÍA YO que Mumú ocultaba algo! —exclamó satisfecho, dirigiéndose hacia ellos.

A Granito le castañeteaban los dientes mientras corría, solamente de pensar que pudiese toparse con Míster Rex.

¡E-e-el jefe del poblado, Arrugarrú, dice que es el dinosaurio más malo de todos! —farfulló.

Mumú asintió con cara seria.

—¡Míster Rex y sus secuaces son terribles! —confirmó—. Y cuando encuentran cachorros de humano...

Alma tragó saliva.

—¿Qué pasa? —preguntó.

—¡Se los zampan de un bocado! —respondió Mumú—. Les encantan cuando son rollizos y sabrosos...

Rototom le dio una palmada en el hombro a Granito.

—¡Imagínate, si dan contigo! Más rollizo que tú...

Capítulo 7

—¡Ja! ¡Muy gracioso! —le reprochó su amigo.

¡Dejad de decir gansadas y corred más de prisa! —dijo Alma, expeditiva—. ¡La verdad, no tengo ningunas ganas de convertirme en la merienda de un lagarto con colmillos!

En cuanto llegaron a un bosquecillo resguardado, se detuvieron para recuperar el aliento, y Mumú los hizo meter de nuevo en el zurrón.

—¡Debemos obrar con muchísima prudencia! —les recordó.

Seguidamente reemprendieron la huida. Las calles del poblado estaban desiertas: a todos los dinosaurios les daba mucho miedo Míster Rex, por tanto se habían encerrado en sus cavernas.

—¡PSSSSST… Mumú! —susurró Rototom—. ¿Por qué todo el mundo le tiene tantísimo miedo a esos animalotes? ¡¿Es que nadie se atreve a arrearles un buen estacazo en la cocorota?!

Mumú negó con la cabeza y le dijo:

La voz del tam tam

—¡Míster Rex es malísimo y muy despiadado! ¡¡¡Los pocos que han tratado de rebelarse contra él, se han llevado una buena tunda!!!

—¡Es un abusica! —sentenció Alma.

—BRRR, ojalá no nos lo encontremos... —comentó Granito, estremeciéndose.

Sin embargo, justo en ese instante, Mumú se detuvo súbitamente. Frente a él había un tiranosaurio gigantesco, con unos dientes muy afilados, ojos amarillos y cuerpo de color azul. Su expre-

Capítulo 7

sión era siniestra, tenía escamas rugosas y daba mucho canguelo.

¡Era él: el terrible Míster Rex, con su banda de sicarios llenos de garras!

Mumú tragó saliva y se le nubló la vista. Era la primera vez que veía aquella bestia de cerca.

—¿A quién tenemos aquí? —dijo el tiranosaurio—. Pero si aún queda alguien dando vueltas...

—Hum... ¿Míster Rex? —se aventuró a preguntar Mumú.

—¡El mismo, con sus colmillos y sus escamas, para servirlo! —le confirmó el tiranosaurio, con una tosca reverencia. Sus esbirros, detrás de él, se partían de risa.

—¡Callaos, animalotes! —rugió Míster Rex.

Todos enmudecieron al instante.

—Veamos... —siguió diciendo el tiranosaurio, mientras examinaba a Mumú desde el hocico a la cola—. ¿Con quién tengo el placer de hablar?

La voz del tam tam

Mumú se encogió de miedo y después susurró tímidamente:

—Me llamo Romualdo Leopoldo Tercero, señor. Mumú, para los amigos...

Míster Rex y sus secuaces estallaron en una grosera carcajada.

—¡Juajuajuajua! ¡¿Mumú?! ¡Qué nombre tan ridículo!

—¡Tremendo! ¡Ji, ji, ji!

—¡Vaya, vaya, vaya! Fijaos... ¡Además, lleva gafas!

—¡Y también tiene dos alitas tan pequeñas y raquíticas, que no alzarían ni a un pajarillosaurio!

Capítulo 7

—¡Y qué PANZA! ¡En mi vida había visto un dinosaurio más gordinflón!

Mumú se puso colorado de vergüenza.

Estaba a punto de llorar, pero se tragó las lágrimas: ¡ahora tenía que pensar en sus amigos!

Dentro de la alforja, Rototom sujetó con fuerza su garrote. ¡Aquellos tremendos merluzos se merecían una buena tanda de cachiporrazos!

—Tranquilo, Rototom —le dijo Alma, para refrenarlo.

De hecho, ahora Míster Rex parecía interesarse por el zurrón.

—Hummm, ¿qué llevas ahí dentro... la merienda? —preguntó—. ¿Un jamón asado, un suculento pastel, un flan a los cuatro quesos?

—¡OH, NO NO! —respondió Mumú, sin vacilar—. Esto, veréis, yo... ¡estoy a dieta!

—¡¿A dieta, TÚ?! ¡Con ese barrigón! —objetó un velociraptor de hocico puntiagudo, que se

llamaba Relámpago—. ¡Si tú estás a dieta, entonces yo me hallo en vías de extinción!

Y de nuevo más risotadas.

—¡Silencio, MENTECATOS! —les ordenó Míster Rex, que nunca tenía ganas de bromas—. ¡Y tú, Pupú, abre ese zurrón!

—Ejem, en realidad me llamo «Mumú» —precisó el pobre dinosaurio.

—¡Mumú, Pupú... da igual! —le espetó el T-Rex—. ¡Abre esa bolsa, o nos comeremos tus muslos color violeta para merendar!

Mumú obedeció, con el corazón en un puño.

CAPÍTULO 8

CARA A CARA CON MÍSTER REX

Ante los atentos ojazos de Míster Rex y del resto de su banda, Mumú abrió el zurrón con gestos lentos, lentísimos, súper lentísimos.

—¡A ver si espabilas! —le ordenó Torbellino, el hermano gemelo de Relámpago—. ¡Estás tardando una era geológica entera!

Mumú no tuvo más remedio que abrir el zurrón y… ¡POP!

Se encontró con una gran losa de piedra en la mano.

¡Claro, era nada menos la losa que Alma había cogido prestada de la Grafitoteca!

Desde el fondo del zurrón, Alma le guiñó un ojo, al tiempo que le sonreía y ponía cara de pícara...

Mumú, que estaba sudando como una fuente dinozoica, le pasó la losa a Míster Rex.

—Ejem... ¿lo veis? —dijo, improvisando—. ¡En mi bolsa sólo hay losas de piedra y grafitos!

Míster Rex acarició la piedra con una de sus garras y sintió un desagradable escalofrío.

—¿¡¿Grafitos?!? —repitió—. ¡PUAJ! La última vez que leí un grafito fue... hum, no puedo acordarme de cuando fue.

—¡Eso es porque NUNCA has leído un grafito, jefe! —le recordó Saeta, un neovenator.

—¡Cállate, inútil con escamas! —bramó Míster Rex y entonces se sacó de encima a Mumú.

—¡Esfúmate, Pupú gordinflón, sólo me haces perder el tiempo!

Mumú suspiró muy aliviado, guardó de nuevo la losa en la alforja y se dispuso a partir.

Capítulo 8

Pero justo en ese instante, Chismosillo apareció a su espalda. ¡Oh, no! ¡Solamente faltaba aquel entrometido!

—¡Este dinosaurio es un embustero! —gritó el estegosaurio, señalando a Mumú—. ¡¡¡Dentro del zurrón oculta tres tiernos, rollizos, sabrosísimos CACHORROS DE HUMANO!!!

Un escalofrío recorrió la espalda de Mumú.

—¿Has dicho cachorros de humano? —repitió Míster Rex, mientras se le hacía la boca agua.

—¡Eso mismo! —confirmó Chismosillo—. ¡Suculentos, deliciosos!

Cara a cara con Míster Rex

—¡Relámpago! ¡Torbellino! ¡COGEDLOS! —ordenó Míster Rex, malhumorado.

Por suerte, Mumú fue más veloz que ellos. Se cargó la bolsa al hombro y echó a correr, haciendo girar las piernas como molinetes. ¡Lo cierto era que el fardo pesaba demasiado con los tres niños dentro!

A pesar del esfuerzo, Mumú fue perdiendo cada vez más velocidad, hasta que al final cayó de bruces al suelo, con la lengua fuera y sudando a mares. ¡PLONK!

Capítulo 8

Los dos pérfidos velociraptores lo atraparon en un santiamén.

—¿Has pinchado, eh, gordinflón? —se cachondeó, Relámpago.

—¿No te habías enterado que nos llaman velociraptores porque somos muy veloces? —añadió Torbellino, con aire de superioridad—. ¡De lo contrario, nos llamaríamos lentosaurios!

—¡A partir de hoy, a ti te llamaremos chichonodonte, guapo! —Mumú se sorprendió al oír aquella voz. Era la de Rototom.

Ágil y rápido, el niño saltó de la alforja, tomó impulso y le asestó un tremendo cachiporrazo a Relámpago en la cocorota.

¡PATAPLONK!

El velociraptor se desplomó con la lengua fuera y una sonrisita tonta en la boca. Por su parte, Granito les asestó un buen golpe en el hocico a los otros dos dinosaurios.

Cara a cara con Míster Rex

Alma trepó por el cuerpo de Mumú y le lanzó la losa a Torbellino.

—¡Léete esto, so ignorante, que no te enteras! —le gritó.

Los tres niños lo celebraron.

¡¡¡VICTORIA!!!

Pero era demasiado pronto para festejarlo, porque de repente llegó él, Míster Rex.

Capítulo 8

—¡Coged a esos terremotos! —gritó el T-Rex.

Pero Rototom dio un salto y descargó un terrible mazazo en una de las patas del dinosaurio.

¡CATACRAAAAAK!

Míster Rex empezó a saltar sobre una sola pata.

—AY AY AY, me has destrozado el meñique, repugnante y pestilente humano —gimoteó—. ¡Esta mañana ya me había caído encima la escudilla de carne con cereales!

Rototom, Alma y Granito siguieron asestándole cachiporrazos aquí y allá. Pero los velociraptores eran superiores en número y, finalmente, ante la horrorizada mirada de Mumú, lograron capturar a los niños.

Ataron a Rototom y Granito como si fueran salchichones prehistóricos. Pero entonces Alma logró zafarse y, con la agilidad de un macaco, saltó a un árbol y huyó avanzando de liana en liana.

¡Al menos ella había logrado escapar!

CAPÍTULO 9

¡¿HAY ALGUIEN?!

Míster Rex estaba enfadadísimo.

No sólo porque aquellos cachorros de humano regordetes y apetitosos les habían propinado una buena tunda, sino porque, además, tenía el meñique tan hinchado que parecía una papaya gigante.

—¡Capturad a esa flecha rubia, y no se os ocurra volver con las patas vacías! —les ordenó a sus esbirros—. Y poned a buen recaudo a ese par de aguafiestas rosaditos.

Un compsognathus, con cara de bobalicón, cogió uno de los sacos en los que la banda transportaba las provisiones robadas en el poblado.

Capítulo 9

—En este saco sólo hay algunas cebollas podridas... —comentó—. ¿Los meto aquí?

—¡Perfecto! —afirmó Míster Rex—. ¡Así, mientras tanto, cogerán un poco de sabor!

Rototom y Granito fueron metidos a la fuerza en el apestoso saco. Olía tan mal que, en comparación, Granito olía a rosas silvestres.

Mumú presenció el espectáculo con un nudo en la garganta. ¿Qué iba a ser de sus amigos?

—¡Nos los comeremos... esta noche! —anunció Míster Rex—. Con un pellizco de perejil picado y una buena guarnición de boniatos.

—¡No podéis hacer eso! —protestó Mumú, muy desesperado.

—¡Ah! ¿Entonces sugieres que el cachorro de humano está más rico con ensalada verde? —preguntó Míster Rex, con aire pensativo: se lo veía realmente preocupado por esa cuestión—. Tal vez tengas razón... pues creo que ¡habrá que conseguir lechuga!

—¡No! —insistió Mumú—. Yo quería...

—Lo importante es lo que quiero yo —le espetó el feroz T-Rex—. Y mi deseo es darme un banquete con estos dos niños tan deliciosos...

Mumú no sabía qué hacer. ¡Tendría que haber defendido a sus amigos con su propia vida! Pero con ese barrigón suyo, ni siquiera había sido capaz de ponerlos a salvo.

CAPÍTULO 9

«¡Por mil millones de meteoritos, soy un desastre! —se dijo—. No poseo ni la fuerza de un megalosaurio, ni la agilidad de un neovenator... ¡No soy más que un dinosaurio que no sirve para nada!»

Sin embargo, en ese instante cayó en la cuenta de algo. Sí, él no era ágil ni fuerte, pero poseía un arma: ¡la inteligencia!

—¡Ahora recuerdo...! —exclamó, procurando que Míster Rex lo oyese—. ¡En casa tengo condimentos! Podrían servir para realzar el sabor...

—¡ÑAM! —dijo Míster Rex, relamiéndose—. ¿Y a qué esperas para ir a buscarlos? ¡Relámpago, Torbellino —gritó—, acompañad al gordinflón a su casa y no lo perdáis de vista!

Mientras los dos pérfidos velociraptores escoltaban a Mumú hasta su caverna, no perdieron ocasión de hacer comentarios antipáticos, y de burlarse de todos los dinosaurios de Saurópolis que se cruzaban en su camino.

¡¿Hay alguien?!

—¡Mira! ¿Has visto qué cola tan repelente tiene aquella maiasaura?

—¿Y la cara de tonto de aquel triceratops?

Mumú tuvo que soportarlos, hasta que llegaron a su casa. Pero en cuanto entró, se metió directamente en el cuarto de baño.

—Disculpadme, tengo una pequeña urgencia —les dijo—. Si queréis seguirme, adelante, aunque os advierto de que no olerá demasiado bien…

Capítulo 9

—¡Ufff, cielo santo! —exclamó Torbellino, tapándose la nariz y poniendo cara de asco.

—¡Acelera, que Míster Rex nos espera! —dijo Relámpago, cubriéndose la boca con precaución.

—¡Anda... has hecho un pareado, Relámpago!

—¡Es que soy un poeta, Torbellino!

Mientras ambos soltaban risotadas y se divertían, Mumú se encerró en el baño, emitió un silbido de llamada y...

—¡Por fin has conseguido librarte de esos dos memos! —dijo una voz.

Mumú sonrió.

—¡Svetlana! —exclamó.

Svetlana era la cartera del poblado y uno de los pocos amigos que tenía Mumú. Justo en ese instante estaba apoyada en el canto de la ventana y no estaba sola... ¡Alma estaba con ella!

—He encontrado a esta pequeña salvaje cerca de aquí —le explicó la pterodáctila, sonriente.

¡¿Hay alguien?!

Ella era la única en el poblado que estaba al corriente de la amistad entre Mumú y los cachorros de humano.

—Dejémonos de parloteos… ¡tengo una idea! —dijo Alma. Llevaba en las manos los tres calcetines-marioneta de Mumú—. Veréis, podríamos… bssss bsssss… y bssss bsssss… —susurró.

Ambos se alegraron: ¡era un plan genial!

En ese instante, Relámpago llamó a Mumú.

—¡¿Piensas acabar de una vez?! —le espetó.

—¿Se te ha terminado el papel higiénico?

CAPÍTULO 10

UN PLAN GENIAL

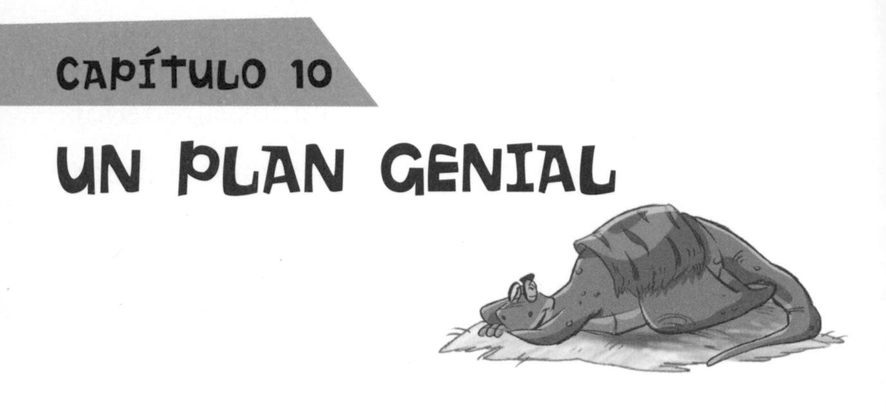

Mientras volvían para reunirse con Míster Rex, Mumú estaba mucho más tranquilo que antes. Relámpago lo había notado y lo miraba con recelo.

—¿Y esa sonrisa? —le dijo a Torbellino.

—Bah, probablemente estará contento porque ha hecho sus cosas —le respondió éste—. A mí también me pasa... ¡cuando aprieta, aprieta!

Al cabo de unos minutos, llegaron donde estaba Míster Rex. Una gran olla hervía en el fuego y, en el saco donde estaban encerrados, los dos niños pataleaban y se movían.

Un plan genial

A Míster Rex y los suyos, sentados alrededor de la hoguera, ya se les estaba haciendo la boca agua. Entre los comensales estaba como invitado el traidor de Chismosillo.

Poco antes de que llegasen Mumú y los dos velociraptores, los dinosaurios que habían salido en busca de Alma también habían regresado. Pero no habían logrado capturar a la niña.

—¡La hemos buscado por todas partes… es como si hubiera echado a volar! —dijo uno de los esbirros, justificándose.

Míster Rex estaba colorado de rabia (aún más de lo habitual).

—¡Pues claro! —replicó—. ¡Los cachorros de humano abren los brazos y emprenden el vuelo!

Mumú esbozó una sonrisa. En efecto, el T-Rex casi lo había adivinado: Alma había salido volando… Pero ¡a lomos de Svetlana!

Capítulo 10

—¡Puesto que no habéis cumplido con vuestro deber, esta noche os iréis a la cama sin cenar! —sentenció Míster Rex, dirigiéndose a sus dos secuaces.

En ese momento, de detrás de un árbol surgió una cabellera de un rubio intenso. ¡Era ella: Alma!

—¡Sois unos auténticos bobosaurios! —gritó. Y empezó a hacer un montón de cabriolas y saltar como un canguro.

—¡Oh, fíjate! —dijo a continuación—. Pero ¡si también está el muy traidor de Chismosillo! ¿Sabes qué te digo? ¡Que esto es lo que te mereces!

Dicho esto, la niña le sacó la lengua y le hizo la pedo-

rreta jamás oída en toda la prehistoria dinozoica.

¡¡¡PPRRRRRRRR!!!

Míster Rex y su banda se quedaron de piedra.

Mumú, en cambio, se puso muy contento, y Rototom y Granito se rieron tanto que hicieron temblar el saco. Cuando el eco de la pedorreta se disipó, Alma ya estaba lejos.

—¡COGEDLAAA! —bramó Míster Rcx, rojo de ira—. ¡No, mejor SEGUIDME a mí! Sois una panda de inútiles, ¡yo la atraparé!

Pero antes de perseguirla, cogió el saco donde se encontraban los dos niños, lo colgó de una rama muy alta y miró a Relámpago y Torbellino.

—¡Vigilad que no escapen estos dos canelones de carne! —les ordenó—. Si cuando regrese no están aquí, me comeré vuestra cola.

Sin siquiera parpadear, los dos velociraptores se pusieron ojo avizor.

Capítulo 10

—¡Míster sí, Míster Rex! —dijeron al unísono.

El despistado T-Rex se lanzó en persecución de Alma, seguido de Chismosillo y el resto de la banda.

En la explanada se quedaron únicamente Relámpago, Torbellino y Mumú. Pero en realidad... había alguien más.

—¿Y vosotros no pensáis salir corriendo a capturarme, tontosaurios? —preguntó una vocecilla impertinente.

Un tirabuzón rubio apareció tras un espeso arbusto en flor.

Los dos velociraptores se miraron. ¿Aquel terremoto con faldita había vuelto? ¿¡¿Cómo era posible?!?

Mumú reprimió una carcajada, porque en realidad no era Alma, sino... ¡su calcetín-marioneta!

Sin embargo, desde aquella distancia, los dos bobalicones dinosaurios no podían apreciar la diferencia. Perfecto: ¡todo estaba saliendo según lo planificado.

—¡Quieta ahí, muchacha! —gritó Torbellino. Como avalancha de escamas, colas y colmillos, los dos predadores se lanzaron a toda velocidad contra el arbusto de la melena rubia. Y entonces... ¡PATAPLONK!

En lugar de atrapar a la niña, se golpearon contra una roca oculta entre el follaje, por lo que sólo lograron hacerse... ¡un chichón gigantesco!

Capítulo 10

Ambos cayeron al suelo aturdidos, con la lengua colgando.

En ese momento Svetlana empezó a revolotear triunfal, por encima del arbusto.

—¡Hay que ver, una vez que utilizan la cabezota y lo hacen fatal! —exclamó la pterodáctila, riendo muy satisfecha.

CAPÍTULO 11

¡SANOS Y SALVOS!

Rototom y Granito asomaron del saco que colgaba de la rama.

—¡Eh, mirad quién está aquí! —les dijo Svetlana a modo de saludo, mientras revoloteaba junto a ellos.

—¡SVETLANA! —exclamaron los dos niños, la mar de contentos.

—Eh, yo también estoy aquí —dijo a su vez Alma, dando saltitos a los pies de sus amigos—. ¡Chicos, tendríais que haber visto el castañazo que se han dado Relámpago y Torbellino! ¡Ahora tienen unos chichones tan grandes como cocos!

Capítulo 11

—¿Podrías ayudarnos a descender de aquí? —le preguntó Rototom a la pterodáctila.

Svetlana voló hasta la rama de la que colgaba el saco, picoteó la cuerda que lo sostenía y éste cayó. ¡CLOC!

Los dos niños salieron a rastras de su interior.

—¡Ay, ay, qué dolor de espalda! —gimió escandalósamente Rototom.

—¡Uy, uy, qué dolor de... todo! —lo secundó Granito.

Mumú los apremió. —¡No hay tiempo que perder —dijo—. Montaos a la grupa de Svetlana!

Rototom, Alma y Granito asintieron. Ya había llegado la hora de volver a casa.

—Pero ha estado muy bien, ¿a que sí? —comentó Alma.

—Me gustaría darles unos cuantos cachiporrazos más a esos lagartos grandullones —se lamentó Rototom.

—Quizá en la próxima ocasión…

—Eso sí, cuando volvamos, nos traeremos merienda —precisó Granito, mientras se frotaba la barriga.

—Sí, sí —se limitó a decir Mumú—. ¡Y ahora, daos prisa!

Los niños abrazaron a su amigo, y a Mumú se le empañaron las gafas de emoción.

—¡Esperad, debemos hacer algo! —exclamó Alma—. ¿Te acuerdas, Mumú? ¡El saco!

Capítulo 11

Mumú se dio una sonora palmada en la frente.

—¡Por todos los meteoritos, me había olvidado!

Cogió el saco de las cebollas y lo llenó de cocos. Lo cerró y lo colgó del pico de Svetlana.

—¡Ahora, vuelve a dejarlo en la rama! —le indicó Alma—. Rototom y Granito comprendieron cuál era el plan.

—¡Bravo, Alma! —exclamaron a coro.

La niña se sonrojó y les asestó un buen garrotazo a cada uno.

—Ya vale, que me avergonzáis... —murmuró.

Mumú se despidió de sus amigos.

—Nos veremos pronto, ¿verdad? —preguntó.

—¡Sí! —afirmó Rototom—. Te prometimos ayudarte a encontrar a tus semejantes, ¡y un cachorro de humano cumple sus promesas!

Los niños montaron a lomos de Svetlana y la pterodáctila emprendió el vuelo. Puso el saco en la rama y todos desaparecieron en el oscuro cielo.

¡Justo a tiempo! Porque Relámpago y Torbellino estaban abriendo los ojos en ese instante.

—¿Qué pasó? ¡OAUG! —bostezó el primero.

—Por favor, mamá, déjame dormir cinco minutos más… —masculló el segundo.

—¡EJEM! Disculpad si os molesto, pero Míster Rex está a punto de regresar y… ¡estabais durmiendo como vagosaurios! —los avisó Mumú.

Torbellino y Relámpago se despabilaron.

—¿EH? ¿¡¿DURMIENDO?!? Pero ¿no estábamos persiguiendo a aquella mocosa? —preguntó el primero.

Capítulo 11

—Sí... —confirmó el segundo, mientras se frotaba la cabezota—. Pero se ha escapado y...

—En realidad, habéis sido vosotros quienes la habéis dejado escapar —precisó Mumú.

—¡Cierra la boca, rechonchosaurio! —le espetó Torbellino —. ¡Míster Rex no tiene que saber nada de este desaguisado, ¿está claro?!

—¡Oh, por supuesto! —les aseguró Mumú—. Permaneceré mudo como... ¡una marioneta!

Míster Rex y los demás regresaron al cabo de poco, de muy mal humor.

¡Sanos y salvos!

—¡Esa niña es un diablillo con rizos! —bramó rabioso el tiranosaurio—. ¡Ya casi la tenía entre mis zarpas!

—La verdad, jefe, es que ni siquiera la hemos visto huir… —objetó un velociraptor.

—¡TÚ, TE CALLAS! —les dijo Míster Rex—. Por suerte, tengo en el saco a sus amiguitos. Es más, tengo tanta hambre que ni siquiera pienso cocinarlos: ¡me los zamparé así, tal cual!

Cogió el saco, lo rasgó como si fuera una bolsa de patatas fritas y lo alzó en el aire. Abrió de par en par su boca repleta de colmillos, para que los cachorros de humano fueran a parar directamente a su gaznate, y entonces…

¡RAMBLAMBLAMBLAMBLAM!

Cayó una lluvia de cocos, que le rompieron un incisivo y dos muelas.

—¡AY, qué dolor tan inmenso! —gritó—. ¡Eso no son niños, son TERREMOTOS!

¡ji, ji!

¡Sanos y salvos!

Mumú estaba exultante de alegría, pero Chismosillo lo vio.

—¡Los ha liberado él! —gritó el delator—. ¡Ha volado!

—Pero si vosotros dijisteis que estoy demasiado gordinflón para volar —replicó Mumú, en tono burlón.

—Míster Rex tuvo que darle la razón y la emprendió a puntapiés con Relámpago y Torbellino.

—Habéis dejado escapar mi apetitosa cena... —rugió—. ¡Ahora me comeré vuestra cola!

Los dos velociraptores huyeron a toda velocidad, y no se detuvieron hasta llegar a los confines de las tierras emergidas.

¡Son cosas que pasan en la prehistoria!

Mumú sonrió satisfecho. Ya echaba de menos a sus amigos cachorros de humano, pero el dinosaurio estaba seguro de que volvería a verlos pronto. ¡Y de que juntos vivirían otra aventura dinozoica!

ÍNDICE

PRUEBA DE COMPRA
DINOAMIGOS 3

¿Queréis conocer a nuestro autor y a nuestra ilustradora?

Andrea Pau

nació en 1981, en Cerdeña, de la que no puede estar lejos demasiado tiempo. Autor de la serie *Rugby Rebels* (Einaudi Ragazzi) y del cómic *Radio Punx*, ha colaborado con Piemme, Gaghi Editore y con distintos periódicos. Le encantan los Clash y la pizza con alcaparras y anchoas.

Erika de Pieri

nació con los pies en Motta di Livenza y la cabeza en un castillo entre las nubes, al que regresa a menudo para refugiarse y dibujar, escribir, pintar y crear fragmentos de fantasía. Ha trabajado con Becco Giallo, Barbera Editore y Lavieri Editore. En su tiempo libre le encanta vivir aventuras junto a la pequeña Viola.

¡No os perdáis las aventuras de Mumú y Rototom!

1. ¡Amigos a la fuerza!
2. El robo de los plátanos asados
3. ¡Alerta, T-Rex!